AF454843

15 novembre 1913

P

VENTE

Du Samedi 15 Novembre 1913

HOTEL DROUOT, SALLE N° 6

A 2 HEURES

Tableaux Anciens

ET MODERNES

PASTELS, GOUACHES

COMMISSAIRE-PRISEUR

Me F. LAIR-DUBREUIL

EXPERT

M. JULES FÉRAL

CATALOGUE

DES

TABLEAUX ANCIENS

ET MODERNES

Par, ou attribués à :

B. BELLOTTO, V. BERTIN, A. VAN BEYEREN, J. BOSCH, J. BOTH
F. BOUCHER, A. BOUDEWYNS, A. COYPEL
A. CUYP, L. DAVID, G. DOYEN, J. LE DUCQ, A. VAN DYCK
F. FRANCK, J.-B. HUET, J. VAN KESSEL, LANTARA, C. LEFEBVRE
J.-B. MALLET, P. MIGNARD, B. MONNOYER, C. NETSCHER
B. VAN ORLEY, J. RAOUX, S. RICCI, A. ROSLIN, P.-P. RUBENS
D. TENIERS, D. TIEPOLO, P. DE VOS, ETC., ETC.

Pastels, Gouaches

DONT LA VENTE AURA LIEU A PARIS

HOTEL DROUOT, SALLE N° 6

LE SAMEDI 15 NOVEMBRE 1913

A deux heures

COMMISSAIRE-PRISEUR
Me F. LAIR-DUBREUIL
6, rue Favart

EXPERT
M. JULES FÉRAL
7, rue Saint-Georges

EXPOSITION PUBLIQUE

Le Vendredi 14 Novembre 1913, de 2 heures à 6 heures

CONDITIONS DE LA VENTE

Elle sera faite au comptant.

Les adjudicataires paieront *dix pour cent* en sus des enchères.

Paris. — Imp. de l'Art, Ch. Berger, 41, rue de la Victoire.

DÉSIGNATION

PASTELS, GOUACHES

DE MACHY (Pierre-Antoine)

1 — *Le Pont de pierre.*

Aquarelle gouachée.

Haut., 55 cent.; larg., 90 cent.

DE MACHY (Pierre-Antoine)

2 — *L'Arc de triomphe.*

Aquarelle gouachée.

Haut., 68 cent.; larg., 46 cent.

ÉCOLE FRANÇAISE (XVIIIe siècle)

3 — *Portrait de Jeune Fille tenant une guirlande de fleurs.*

Pastel. Haut., 60 cent.; larg., 48 cent.

ÉCOLE FRANÇAISE (XVIIIe siècle)

(deux pendants)

4 — *Portrait de Femme vêtue de blanc.*

5 — *Portrait d'Homme en habit noir et gilet blanc.*

Pastels. Haut., 65 cent.; larg., 53 cent.

Cadres en bois sculpté.

ÉCOLE FRANÇAISE (XVIIIe siècle)

6 — *Jeune Femme en buste, coiffée d'un voile blanc.*

Pastel. Haut., 38 cent.; larg., 31 cent.

NATTIER (École de)

7 — *La Princesse de Conti.*

Pastel. Haut., 40 cent.; larg., 37 cent.

ROSALBA CARRIERA (Attribué à)

8 — *Jeune Femme en buste.*

Pastel. Haut., 44 cent.; larg., 36 cent.

SAINT-JEAN (DE)

9 — *Portrait d'Homme tenant un livre.*

Signé à gauche et daté : *1764.*

Pastel. Haut., 58 cent.; larg., 50 cent.

VIGÉE (Attribué à LOUIS)

10 — *Portrait d'un Jeune Gentilhomme en habit noir et gilet de brocart rouge.*

Pastel. Haut., 55 cent.; larg., 45 cent.

VIGÉE-LEBRUN (Attribué à Mme)

11 — *Jeune Fille vue de dos.*

Pastel. Haut., 45 cent.; larg., 37 cent.

TABLEAUX ANCIENS
ET MODERNES

ARTOIS (Attribué à JACQUES VAN).

12 — *La Carrière.*

Bois. Haut., 42 cent.; larg., 58 cent.

BELLOTTO (Attribué à BERNARDO)

13 — *Vue du grand canal à Venise.*

Toile. Haut., 95 cent.; larg., 1 m. 55 cent.

BERGER

(DEUX PENDANTS)

14-15 — *Sujets d'Histoire.*

Signés et datés : *Rome, 1793* et *1794.*

Toiles. Haut., 73 cent.; larg., 96 cent.

BERGERET (PIERRE)

16 — *Le Passeur.*

Signé vers la droite.

Toile. Haut., 58 cent.; larg., 72 cent.

BERTIN (VICTOR)

17 — *Vue d'un Monastère.*

Toile. Haut., 32 cent.; larg., 40 cent.

BERTIN (Victor)

18 — *La Route à travers bois.*

Signé à gauche et daté : *1811.*

Toile. Haut., 44 cent.; larg., 37 cent.

BEYEREN (Attribué à Van)

19 — *Poissons dans un panier.*

Toile. Haut., 62 cent.; larg., 72 cent.

BOSCH (École de Jérome)

20 — *Les Bords du Styx.*

Cuivre. Haut., 44 cent.; larg., 66 cent.

BOTH (Attribué à Jean)

21 — *Paysage d'Italie avec bergers et animaux.*

Toile de forme ovale. Haut., 30 cent.; larg., 41 cent.

BRIL (Paul)

22 — *Paysages avec rocher et cours d'eau.*

Bois. Haut., 48 cent.; larg., 72 cent.

BRIL (Genre de Paul)

23 — *Paysage avec cours d'eau et figures sur une route.*

Toile. Haut., 45 cent.; larg., 64 cent.

BIBIENA

(DEUX PENDANTS)

24-25 — *Compositions d'architecture animées de personnages.*

Toiles. Haut., 1 m. 25 cent.; larg., 98 cent.

BLOEMAERT (Attribué à ABRAHAM)

26 — *Portrait allégorique.*

Bois. Haut., 1 m. 08 cent.; larg., 72 cent.

BOUCHER (École de)

27 — *Les Baigneuses.*

Toile. Haut., 86 cent.; larg., 1 m. 14 cent.

BOUCHER (D'après FRANÇOIS)

28 — *Pastorale.*

Toile. Haut , 66 cent.; larg., 72 cent.

BOUDEWYNS (ADRIEN-FRANÇOIS)

29 — *Bords de rivière animés de nombreux personnages.*

Bois. Haut., 23 cent.; larg., 34 cent.

BOURDON (Attribué à SÉBASTIEN)

30 — *Le Mariage mystique de sainte Catherine.*

Toile. Haut., 58 cent. ; larg., 72 cent.

CHARPENTIER (JEAN-BAPTISTE)

31 — *La Ménagère.*

Bois. Haut., 25 cent.; larg., 20 cent.

COIGNET (Jules)

32 — *La Vallée.*

Signé à gauche.

Toile. Haut., 16 cent.; larg., 22 cent.

COYPEL (Attribué à Antoine)

33 — *Composition allégorique.*

Toile. Haut., 1 m. 18 cent.; larg., 1 m. 58 cent.

COYPEL (École d'Antoine)

34 — *Bacchanale.*

Toile. Haut., 1 m. 33 cent.; larg., 1 m. 88 cent.
Cadre en bois sculpté.

COYPEL (École d'Antoine)

35 — *Le Triomphe de Flore.*

Toile. Haut., 80 cent.; larg., 64 cent.

CUYP (Attribué à Albert)

36 — *Paysanne trayant une vache.*

Bois. Haut., 37 cent.; larg., 57 cent.

DAVID (École de Louis)

37 — *Portrait d'Homme en habit bleu.*

Toile. Haut., 58 cent.; larg., 47 cent.

DOYEN (Gabriel-François)

38 — *La Chute de Lucifer.*

Toile. Haut., 83 cent.; larg., 62 cent.

DUCQ (Attribué à JEAN LE)

39 — *Officier et soldat.*

Bois. Haut., 51 cent.; larg., 39 cent.

DYCK (Attribué à ANTOINE VAN)

40 — *La Vierge allaitant l'Enfant Jésus.*

Fond de paysage.

Bois. Haut., 70 cent.; larg., 58 cent.

Cadre en bois sculpté.

DYCK (D'après ANTOINE VAN)

(DEUX PENDANTS)

41 — *Portrait d'Homme et d'Enfant.*

42 — *Portrait d'une Dame et de sa fille.*

Toiles. Haut., 2 mètres; larg., 1 m. 30 cent.

Cadres en bois sculpté.

ÉCOLE ALLEMANDE
(Commencement du XIXe siècle)

43 — *Les Bulles de savon.*

Toile. Haut., 46 cent.; larg., 16 cent.

ÉCOLE ANGLAISE (Commencement du XIXe siècle)

44 — *Portrait d'Enfant.*

Toile. Haut., 34 cent.; larg., 26 cent.

ÉCOLE ANGLAISE

45 — *Jeune Femme, coiffée d'un chapeau noir.*

Toile. Haut., 82 cent., larg., 65 cent.

ÉCOLE FLAMANDE (XVIe siècle)

46 — *La Vierge et l'Enfant Jésus au chapelet de corail.*

Fond d'or.

Bois. Haut., 40 cent.; larg., 27 cent.

ÉCOLE FLAMANDE (XVIIe siècle)

47 — *Jeune Femme à sa toilette.*

Cuivre. Haut., 21 cent.; larg., 16 cent.

ÉCOLE FLAMANDE (XVIIe siècle)

48 — *La Vierge à la rose.*

Toile. Haut., 56 cent.; larg., 45 cent.

ÉCOLE FLAMANDE

49 — *Le Calvaire.*

Bois. Haut., 92 cent.; larg., 66 cent.
Cadre en bois sculpté.

ÉCOLE FRANÇAISE (XVIIe siècle)

(DEUX PENDANTS)

50 — *La Vierge.*

51 — *Le Christ.*

Cuivres. Haut., 22 cent.; larg., 17 cent.

ÉCOLE FRANÇAISE (XVIIIe siècle)

(DEUX PENDANTS)

52 — *Bacchus et Ariane.*

53 — *Nymphe et Satyre.*

Toiles de forme ovale. Haut., 42 cent.; larg., 35 cent.

ÉCOLE FRANÇAISE (XVIIIe siècle)

54 — *Portrait de Femme en corsage bleu brodé d'or.*

Toile de forme ovale. Haut., 53 cent. ; larg., 53 cent.

ÉCOLE FRANÇAISE (XVIIIe siècle)

55 — *Portrait de Femme.*

Toile. Haut., 80 cent. ; larg., 64 cent.

ÉCOLE FRANÇAISE (XVIIIe siècle)

56 — *Jeune Fille, coiffée d'un fichu.*

Toile. Haut., 55 cent. ; larg., 46 cent.

Cadre en bois sculpté.

ÉCOLE FRANÇAISE (XVIIIe siècle)

57 — *Portrait de Femme en robe bleue.*

Toile. Haut., 61 cent. ; larg., 50 cent.

ÉCOLE HOLLANDAISE (XVIIe siècle)

58 — *Oiseaux et accessoires de fauconnerie.*

Toile. Haut., 68 cent. ; larg., 56 cent.

ÉCOLE HOLLANDAISE (XVIIe siècle)

59 — *Portrait d'Homme en manteau noir, la main droite appuyée sur un livre rouge.*

Toile. Haut., 88 cent. ; larg., 72 cent.

ÉCOLE HOLLANDAISE (XVIIe siècle)

60 — *Combat de cavaliers.*

A droite, une signature illisible.

Bois. Haut., 30 cent.; larg., 38 cent.

ÉCOLE HOLLANDAISE (XVIIe siècle)

61 — *Fruits, poissons et coquillages.*

Bois. Haut., 40 cent.; larg., 55 cent.

ÉCOLE HOLLANDAISE

62 — *Paysage avec ruines, cours d'eau et figures.*

Bois. Haut., 34 cent.; larg., 51 cent.

ÉCOLE ITALIENNE (XVIIe siècle)

63 — *La Vierge allaitant l'Enfant Jésus.*

Toile. Haut., 74 cent.; larg., 60 cent.

ÉCOLE ITALIENNE (XVIIIe siècle)

64 — *Vue d'un port de la Méditerranée.*

Toile. Haut., 43 cent.; larg., 72 cent.

ÉCOLE MODERNE

65 — *Vue de Suisse.*

Toile. Haut., 1 m. 15 cent.; larg., 1 m. 50 cent.

ÉCOLE TOSCANE (XVe siècle)

66 — *La Nativité.*

Peinture rehaussée d'or.
Bois cintré dans la partie supérieure.

Haut., 43 cent.; larg., 34 cent.

ÉCOLE VÉNITIENNE (XVIIe siècle)

67 — *Martyre d'une sainte.*

Toile. Haut., 78 cent.; larg., 63 cent.

Cadre en bois sculpté.

FRAGONARD (Genre de)

68 — *Jeune Fille appuyée sur un âne.*

Toile. Haut., 30 cent.; larg., 23 cent.

FRANCK (FRANÇOIS)

69 — *La Danse.*

Bois. Haut., 51 cent.; larg., 44 cent.

GUERCHIN (Attribué au)

70 — *La Sainte Famille.*

Toile de forme ovale.

Haut., 43 cent.; larg., 34 cent.

HOET (GÉRARD)

71 — *Enfant tenant un bouquet de fleurs.*

Bois. Haut., 25 cent.; larg., 33 cent.

HOBBÉMA (Genre de MEINDERT)

72 — *L'Étang.*

Toile. Haut., 78 cent.; larg., 1 m. 03 cent.

HUET (Attribués à JEAN-BAPTISTE)

(DEUX PENDANTS)

73 — *Le Départ pour la chasse.*

74 — *Le Départ pour le marché.*

Bois. Haut., 68 cent.; larg., 56 cent.

HUET (Attribué à JEAN-BAPTISTE)

75 — *L'Escarpolette.*

Toile. Haut., 1 m. 13 cent.; larg., 97 cent.

HUET (Genre de JEAN-BAPTISTE)

76 — *Le Duo.*

Peinture en grisaille.

Haut., 20 cent. ; larg., 17 cent.

KESSEL (JEAN VAN)

77 — *Fleurs et insectes.*

Bois. Haut., 38 cent.; larg., 30 cent.

KESSEL (Attribué à JEAN VAN)

78 — *Le Plat de fraises.*

Bois. Haut., 38 cent.; larg., 52 cent.

KESSEL (Attribué à JEAN VAN)

79 — *Le Chat prisonnier.*

Toile marouflée sur bois.

Haut., 23 cent.; larg., 31 cent.

KIERS (Pierre)

80 — *Le Corps de garde.*

Signé et daté : *1843.*

Toile. Haut., 78 cent.; larg., 90 cent.

LACROIX (De Marseille)

81 — *Entrée de port.*

Toile. Haut., 27 cent.; larg., 46 cent.

LAMPI (Attribué à)

82 — *Portrait d'un Prince autrichien.*

Toile. Haut., 65 cent.; larg., 59 cent.

LANTARA (Attribué à Simon)

83 — *Paysage avec tour en ruines.*

Bois. Haut., 12 cent.; larg., 16 cent.

LARGILLIERRE (École de Nicolas de)

84 — *Jeune Homme en habit de velours brun.*

Toile de forme ovale.

Haut., 60 cent.; larg., 49 cent.

LEFEBVRE (Claude)

85 — *Portrait présumé de Mme de Maintenon.*

Toile. Haut., 75 cent.; larg., 61 cent.

LEFEBVRE (CLAUDE)

86 — *Portrait de la Marquise de Salernes.*

Toile de forme ovale.

Haut., 65 cent.; larg., 51 cent.

Cadre en bois sculpté.

LINGELBACH (Attribué à JEAN)

87 — *Le Débarquement.*

Toile. Haut., 16 cent.; larg., 20 cent.

MALLET (JEAN-BAPTISTE)

88 — *Jeunes Femmes dans un intérieur.*

Signé et daté : *1817.*

Toile. Haut., [illegible] ent. ; larg., 32 cent.

MEER (JEAN VAN DER)

89 — *La Visite à la bergère.*

Toile. Haut., 51 cent.; larg. 65 cent.

MIGNARD (École de PIERRE)

90 — *Portrait de Femme tenant un arc.*

Toile. Haut., 1 m. 15 cent.· larg., 95 cent.

MONNOYER (Attribué à JEAN-BAPTISTE)

91 — *Vase de fleurs.*

Toile. Haut., 52 cent.; larg., 45 cent.

MUSSCHER (MICHEL VAN)

92 — *Portrait de Femme en robe rouge.*

Toile. Haut., 60 cent.; larg., 50 cent.

NETSCHER (Constantin)

93 — *Jeux d'enfants.*

Bois de forme arrondie dans la partie supérieure.
Haut., 58 cent.; larg., 44 cent.

ORLEY (Attribué à Bernard Van)

94 — *La Vierge et l'Enfant Jésus.*

Bois. Haut., 61 cent.; larg., 47 cent.

OUDRY (École de Jean-Baptiste)

95 — *Bécasse au bord d'un cours d'eau.*

Toile. Haut., 26 cent.; larg., 32 cent.

RANC (Jean)

96 — *Portrait d'un Magistrat.*

Toile. Haut., 81 cent.; larg., 65 cent.

RAOUX (Jean)

97 — *Jeune Femme coiffée d'un turban.*

Toile. Haut., 65 cent.; larg., 54 cent.

RAOUX (Attribué à Jean)

98 — *Les Vestales.*

Toile. Haut., 47 cent.; larg., 60 cent.

RICCI (Sébastien)

99 — *La Vierge et l'Enfant Jésus dans un paysage.*

Toile. Haut., 85 cent.; larg., 62 cent.

RIGAUD (École de Hyacinthe)

100 — *Portrait de Femme portant un manteau bleu.*

Toile. Haut., 81 cent.; larg., 61 cent.

ROMAIN (Attribué à Jules)

101 — *Portrait d'Homme la main posée sur un livre.*

Bois. Haut., 65 cent.; larg., 53 cent.

ROSLIN (Genre d'Alexandre)

102 — *Portrait de Femme avec chapeau orné de rubans bleus.*

Toile de forme ovale. Haut., 64 cent.; larg., 54 cent.

ROTTENHAMER (Attribué à Jean)

103 — *La Visitation.*

Cuivre. Haut., 20 cent.; larg., 17 cent.

RUBENS (École de Pierre-Paul)

104 — *Suzanne et les Vieillards.*

Toile. Haut., 85 cent.; larg., 65 cent.

RUBENS (École de Pierre-Paul)

105 — *L'Adoration des Bergers.*

Toile. Haut., 50 cent.; larg., 66 cent.

Cadre en bois sculpté.

RUBENS (d'après PIERRE-PAUL)

106 — *Portrait d'Élisabeth de France.*

Toile. Haut., 28 cent. ; larg., 22 cent.

SAFTLEVEN (CORNÉLIS)

107 — *Diablerie.*

Bois. Haut., 27 cent.; larg., 32 cent.

SAUVAGE (Attribués à PIAT-JOSEPH)

(DEUX PENDANTS.)

108 — *Enfants représentant des allégories.*

Grisailles.

Toiles de forme ovales marouflées sur bois.

Haut., 32 cent.; larg., 21 cent.

SCHALKEN (Attribué à G.)

109 — *Madeleine en méditation.*

Effet de lumière.

Toile. Haut., 46 cent.; larg., 36 cent.

SCHŒVAERDTS (MATHIEU)

110 — *Vue d'un port animé de nombreux personnages.*

Toile. Haut., 38 cent.; larg., 57 cent.

SEGHERS (Attribué à DANIEL)

111 — *Fleurs dans un vase de cuivre.*

Toile. Haut., 63 cent.; long., 48 cent.

SWEBACH-DESFONTAINES (Attribué à)

112 — *Paysage avec cavaliers.*

Bois. Haut., 21 cent.; larg., 16 cent.

TAUNAY (Attribué à NICOLAS)

113 — *Le Passage du gué.*

Bois. Haut., 17 cent.; larg., 26 cent.

TENIERS (Attribué à DAVID)

114 — *Les Fumeurs.*

Bois. Haut., 38 cent.; larg., 28 cent.

TENIERS (École de DAVID)

115 — *L'Arracheur de dents.*

Bois. Haut., 24 cent.; larg., 18 cent.

TENIERS (École de DAVID)

116 — *Le Tir à l'arc.*

Bois. Haut., 28 cent.; long., 35 cent.

TIEPOLO (DOMINIQUE)

117 — *La Vierge et l'Enfant Jésus entourés d'anges, et un cardinal en extase.*

Toile. Haut., 66 cent.; larg., 50 cent.

VALLAYER-COSTER (Attribués à Mme)

(DEUX PENDANTS)

118 — *Fruits et pâté.*

119 — *Fruits et poissons.*

Toiles. Haut., 37 cent.; larg., 56 cent.

VOS (PAUL DE)

(DEUX PENDANTS)

120-121 — *Oiseaux de basse-cour.*

Toiles. Haut., 1 m. 05 cent.; larg., 1 m. 55 cent.

WATTEAU (FRANÇOIS)

122 — *Fête à l'Être suprême.*

Toile. Haut., 31 cent.; larg., 40 cent.

WILLAERTS (Attribué à ADAM)

123 — *Le Retour de la pêche.*

Signé : *A. W. f. 1653.*

Toile. Haut., 61 cent.; larg., 91 cent.

124 — Sous ce numéro, qui sera divisé, seront vendus des tableaux non catalogués.

www.ingramcontent.com/pod-product-compliance
Ingram Content Group UK Ltd.
Pitfield, Milton Keynes, MK11 3LW, UK
UKHW021037260726
13994UKWH00005B/2211

9 782329 440217